AF483276

Las fábulas de la Rosa
Rosa Luch

Editorial Giraluna

Las fábulas de la Rosa
© Rosa Carreras Sagrera
© Editorial Giraluna
Segunda edición: 2021 - Derechos Reservados

Edición al cuidado de:
Rey D' Linares - reydlinares69@gmail.com

Ilustraciones:

Agencia de ilustración Rabbit
artedigital27c@gmail.com

Diseño de la portada:
Carolina Linares - artesgraficas20042009@gmail.com

Publicado en Venezuela por:
Editorial Giraluna R.L.
J-29614384-6
editorialgiraluna2008@gmail.com
Teléfono: (+58) 0212-524.25.33

Comercializado por:
Amazon.com

Índice:

LA HISTORIA DE UN GALLINERO

Esta es la historia de una gallina llamada Porota, era hermosa, tenía unas plumas de color miel y gris. Vivía en un campo muy grande, en la provincia de Entre Ríos. Con ella vivían otros animales que eran amigos y se cuidaban a la vez. Un día trajeron a un gallo pero muy grande, muy cocorito y muy arrogante. Las gallinas estaban locas por él, menos Porota.

Otro día, ella tomaba agua en una laguna y todas las gallinas cacareaban porque venía el gallo, ella no le dio importancia y él se animó y le preguntó: "¿Qué pasa que tú no dices nada?, ella respondió: "Yo no hablo con arrogantes". Él no podía creer lo que escuchaba, ella se retiró y lo dejó cacareando solo.

Las gallinas no podrían creer que Porota lo dejara plantado y cacareando. Pasaron tres meses, un día de mucho viento, el dueño buscaba a las gallinas que no habían regresado por la tormenta y el viento. Las contó y faltaba una: Era Porota. El gallo se adelantó y dijo: "Yo la buscaré". "¡Oh, no! ¡Mira qué tormenta!", gritaron todos. Dijo un gallo muy viejo: "Anda que tú eres joven y busca a esa niña". Y el gallo fue a buscarla, la buscó y la buscó hasta el día siguiente. Cuando ya no podía hacer más nada, volvió al gallinero y entre unas piedras escuchó: ¡Auxilio, auxilio!". Y corrió y vio que era Porota, casi sin plumas; él la abrigó con sus alas y, cuando pasó la tormenta, la ayudó a llegar al gallinero. Todos estaban esperando y todos corrieron a socorrerlos.

Paso un tiempo más y el arrogante se volvió humilde, recien ahí Porota se fijó en él. "Hacen linda pareja", dijo el gallo más viejito.

Ella estaba hermosa con sus plumas nuevas, él tenía plumas color cobre y blancas. Un día Porota cuidaba un cajón con ocho huevos, eran sus hijos, de ella con el arrogante.

Todos eran felices, los polluelos nacieron, tenían veinte días cuando Porota se dio cuenta que faltaba un polluelo, enseguida le dijo al gallo Andrés lo que pasaba y salieron todos juntos a buscarlo. Debajo de unas ramas que tenía una trampa para cazar, no importa qué: ahí estaba atrapado y entre todos lo sacaron. Todos se fueron riendo rumbo al gallinero, cuando llegaron, Andrés dijo: "Gracias por ayudarme, gracias y perdón por aguantarme cuando llegué. Era otra ave, ahora soy como ustedes". Y el gallo más viejo dijo: "Dios nos da metas, pausas, las tomas o las dejas. Vos tomaste la correcta". Todos empezaron a cacarear con mucha alegría. Que esto sirva para todos, somos nosotros los que somos arrogantes. Esa noche cantaron todos. Dios ilumina este gallinero.

EL SAPO ALEGRE

En una casa muy grande vivía un niño llamado Santiago Alegre, era un niño caprichoso y consentido, su mamá tenía un gran jardín de flores de todos los colores y todos los tamaños, sus hojas eran de color verde ¡tan hermosas! Todas sus amigas le decían que como podía tener ese parque tan hermoso y sus flores tan coloridas, ella sonreía y decía: "es Dios quien cuida mi jardín", todos se reían.

En un lugar del gran parque había una gran montaña de piedras color blanco, en ese lugar vivía un gran sapo. El niño le daba patadas y cuando lo veía salir y recorrer todo el jardín le tiraba piedras. Un día le lastimó una patita, el pobre sapo pudo llegar a las piedras y se escondió. El niño entró a su casa como si nada hubiera pasado.

Esa noche en su dormitorio sintió un ruido y miró y vio algo, ese algo era un ángel que le dijo: "¿Tu maltrataste al sapo? ¿Qué te hizo a ti?". El niño contestó: "A mí no me gusta el sapo, no lo quiero. Que se vaya". Y el ángel respondió: "Muy bien, me lo llevaré, lo cuidaré y lo curaré". Santiago le dijo: "¡Que me importa! Andate vos de mi cuarto". El ángel se retiró, el niño se durmió y a la mañana siguiente dijo: "¿Yo soñé que vino un ángel a mi dormitorio?". Como no estaba seguro corrió al jardín y miró debajo de las piedras y no vio al sapo, se quedó parado y pensaba: "entonces ¿fue real o qué hice?". Volvió a su casa, tomo leche, fue al colegio, como si nada hubiera pasado.

Pasaban los días y la mamá de Santiago decía: "¿Qué le pasa a mi jardín? Que lo cuido tanto y cada día está peor. ¿Por qué estará peor?". Sus flores estaban caídas, sus hojas ya no eran verdes sino amarillas, todo el jardín muy triste y el niño pensaba si él tenía la culpa de haber dejado que ese ángel se llevara el sapo porque su madre decía que era bueno que hubiera un sapo, que se coma los bichos que molestan a las plantas. Una noche con mucho viento golpearon la ventana de su dormitorio, era el ángel; el niño se levantó, abrió la ventana y el ángel le dijo:
"¿Creo que me necesitas, no?"
"Sí, ángel, perdón. Mi madre está muy triste porque su jardín se está muriendo", dijo el niño.
"¿Ah, sí? ¿Y qué quieres de mí?, le respondió el ángel.
"Por favor tráigame el sapo, dice mi mamá que él cuida el jardín, que come los bichos que le hacen mal a las flores", dijo el niño.
"¡Oh! Qué bueno que pienses así pero te cuento que el sapo tiene una familia, esposa y dos hijos"
"¡Qué lindo, que lindo!", gritaba el niño.

Al otro día él se levantó y corrió al jardín, miró debajo de las piedras y ahí estaba la familia completa. A los tres días, las plantas y las flores volvieron a ser tan y tan hermosas como siempre. La mamá de Santiago decía: "¡Esto es un milagro!". El niño callado pensaba: "¡Sí, el milagro del ángel!". Esa noche cantaron los sapos tan fuerte que no dejaban dormir pero el niño dijo: "No importa, mi madre está feliz". Al día siguiente, el niño le dijo al sapo: "Tú te llamas alegre, esto es lo que viniste a hacer en mi hogar, dar alegría". Todos se reían, por eso el niño dijo: "No hay que maltratar a los animales, ellos nos dan mucha enseñanza".

Así vivió la familia del sapo alegre, dando alegría y enseñanza.

EL CHANCHITO ARREPENTIDO

En la zona de San Andrés de Giles, en una gran estancia llamada "Esperanza" habían muchos animales, su prioridad era la comunidad de chanchitos que ayudaban mucho para que aquella estancia fuera la más hermosa del lugar y así era.

Esta es la historia de una familia de chanchitos, ellos eran muy felices en ese lugar, tenían todo, Hugo, el dueño, era muy bueno con ellos. Un día de otoño la esposa del chanchito Obregón se puso mal, pues tenía una gran panza y en ella muchos chanchitos, quienes empezaron a nacer y todos se pusieron muy felices, eran diez hermosos chanchitos y muy grandes, pero el que nació de ultimo era muy pequeño, de nombre le pusieron Mati, por suerte se crió muy bien y fuerte porque sus padres lo cuidaban tanto que no lo dejaban hacer nada. Sin querer, sus padres le estaban haciendo mal, pues no trabajaba como sus hermanos, no se mojaba sus patita en el barro, no hacía nada de nada.

Un día su papá le dijo: "Mati, ¿Por qué no vienes con nosotros a la estancia de enfrente? Que el señor Hugo quiere que le demos una mano con su cosecha".

"¡Oh, no padre! Yo no me quiero ensuciar y le quiero decir algo padre, dentro de unos días me voy a trabajar a la ciudad", dijo Mati.

"Pero Mati ¿Con quién irías? ¿De qué se trata el trabajo?", respondió el padre.

"Tengo unos amigos de la estancia Lucero que me ofrecen trabajo y me van a pagar bien, es un trabajo piola, me dijeron que con tres días a la semana ganaré como ustedes", dijo Mati.

"Mati, ¿De qué se trata el trabajo?", le preguntó el padre.

"No me dijeron, será piola", respondió Mati.

Su padre no entendía lo que su hijo decía.

A los pocos días, Mati preparó su bolso y les dijo que dentro de unos días vendría a verlos. Su familia se quedó mirando cómo se retiraba, su padre dijo: "¿Qué le pasa a ese chanchito? No puedo creer lo que escucho". Todos eran muy trabajadores, hasta sus abuelitos que eran muy viejitos.

Pasaron los días y los meses sin saber nada de Mati, mientras tanto él estaba en la ciudad de San Andrés de Giles, pero no podía ir a ver a su familia porque no lo dejaban, los chanchitos que decían ser sus amigos lo tenían encerrado. Le dijeron a Mati que él tenía que robar para ellos y muchas cosas más. Mati se arrepintió tanto de haberlos escuchado, comprendió que tenía que trabajar como su familia. Una noche lloró tanto que no le quedaron más lágrimas, en ese momento le vino un pensamiento lo que su padre le decía: "Todo se puede, mira al cielo y pide a la estrella más luminosa, pídele lo que quieras que Jesús lo hará posible".

Ese noche de gran luna y entre miles y miles de estrellas buscó la que era más luminosa y le pidió: "Quiero ir con mi familia y trabajar con ellos, por favor, si me escuchas dame una señal". Miró y miró y, de repente, una estrella titilaba. Se dio cuenta que lo habían escuchado. Al día siguiente, como un gran milagro estaba en el gran portón de la "Esperanza", su familia corría, todos a abrazarlo, y Mati dijo: "Perdón familia, entendí que hay que trabajar, a eso vengo".

Esa noche festejaron la llegada de Mati y luego todos se fueron a descansar, a la mañana siguiente Mati era el primero en levantarse y su padre le dijo: "Acá hay una pala, tenés que hacer veinte pozos para plantar limoneros".

Gracias chanchito Mati por darnos a los niños esta enseñanza. Niños hay que trabajar, nadie te da nada, te lo tienes que hacer con mucha honra. Gracias Mati.

EL BOSQUE ILUMINADO

En es un relato de un bosque iluminado y encantado. ¿Por qué iluminado? Los animales viven muy felices porque Dios les dijo: "Serán muy felices en este bosque". Pero un día de primavera el conejo Toto y la coneja Lulú corrían y saltaban muy felices, pues Lulú seria mamá. Toto salió corriendo a decirles a todos la noticia. Llegó el león Mimo, el elefante Lalo, ellos tan grandes levantaron a la coneja Lulú, aplaudían, el elefante Lalo con su trompa tan larga la llevaba e a punta.

Todos se reían, dijo el loro Coco: "Yo seré el padrino". Todos se reían y muy despacio caminaban, el tigre Rulo era muy viejito, todos aplaudían, se reían y bailaban, pero algo pasó: un ruido muy grande interrumpió la reunión. El tigre Rulo se puso en guardia y así todos, porque no sabían que pasaba. En medio de los arboles aparecieron unas camionetas y unos hombres con escopetas y todos a la vez dijeron: "Ohh! ¿Qué es esto?". La coneja Lulú quería correr, pero sus patitas quedaron pegadas a la tierra, el conejo Toto pudo abrazarla, él también quedó inmóvil. En ese momento apareció corriendo como una luz, la jirafa Lili, y todos juntos dijeron: "¿Qué hacen ustedes en este lugar?". Los hombres se reían, "Vamos, vamos"; decían. Uno de ellos dijo: "Agarren unos y llévenselos para allá y a los otros, al otro lado". De golpe se sintió una voz muy fuerte que decía: "Yo soy Dios, ustedes no pueden hacer lo que les plazca". Se miraron los hombres y uno dijo: "¿Quién dijo eso?". Apareció el loro Coco y dijo: "Soy yo", que les digo que no van a poder porque nuestro Señor está aquí". Los hombres se reían y la luz se hizo tan pero tan fuerte sobre la cabeza de Coco, se iluminó todo el bosque, el León Mimo se adelantó y les dijo: "Por favor, ¿se pueden retirar?". Los hombres se miraron y mientras caminaban tiraban las armas. Dios, Él, nadie más que Él, hizo que se fueran. Los animales vivieron en el bosque iluminado para siempre.

La reflexión: Nuestro Señor puede. Nosotros tenemos que cuidar a los animales porque ellos también son de Dios.

MANUEL,
EL CABALLO QUE NADIE QUERIA

Esta hermosa historia sucedió en las afueras de Villa María, Córdoba. Pasó algo hermoso, después de muchos sufrimientos.

Esta es la Estancia "Libertad", como su nombre dice, para los animales es un lugar de bienestar. La familia Ruiz Díaz del Campo se dedica en su mayoría a caballos de raza, para carreras internacionales. Hay una yegua de un pelaje de color gris, con pinticas marrones, su nombre es "Luz", porque corre como una luz. Es rápida, inteligente, cariñosa. Su propietario está muy feliz, pues, es una gran ganadora. En siete años ganó casi todas las carreras, menos dos que llegó de segunda. En la última carrera que disputó en Uruguay ganó, pero no como siempre, porque ella tenía en su pancita un potrillito. A las pocas semanas, nació Manuel, con el pelaje marrón oscuro con pintas grises. Los peones y el personal de la estancia gritaban de júbilo, nacía el hijo de la luz, pero, en pocos instantes, se dieron cuenta que el potrillo nació con un problema en la patita izquierda trasera, era un gran defecto. "Nunca va a poder correr", nunca va a ser como su madre", eso decían todos.

Todos salieron, dejaron a la yegua sola con su potrillo, hablaban entre ellos y decían que había que sacrificarlo. El niño de un peón de 10 años de edad decía. "No, no, no lo maten. Yo me lo voy a llevar, yo lo voy a cuidar". Todos se rieron, "¿para que lo quieres? No sirve para nada." "No me importa, yo lo quiero". "Llevátelo", le dijeron. El niño buscó un carro y, con mucho cuidado, lo introdujo y se lo llevó a su humilde casa. Era un niño muy humilde, no tenía Mamá, solamente su padre. El padre le dijo: "Hijo, ¿qué vas a hacer? No tenemos plata. Él necesita remedios y muchas cosas más". El niño dijo: "Padre, déjeme que yo me arreglaré".

El niño concurría a la escuela por la mañana, cuando salía no iba a su casa, recogía con un carro botellas y cosas que la gente tiraba. Con esa plata le compraba la comida y los remedios al potrillo. Así fueron pasando los meses, el niño lo hacía caminar y, como podía, Manuel trotaba y el niño le dijo: "Yo sé que tú serás un caballo muy famoso". El caballo como si supera lo que el niño decía, con su cabeza tocaba a ese niño que lo estaba ayudando.

Pasaron dos años. Un día en la estancia estaban todos reunidos, estaban festejando el cumpleaños del patrón y la yegua, la Mamá de Manuel, que había ganado en Londres y en España, doble festejo. En un instante, sentían que alguien se acercaba, que cabalgaba, pero lo que llamaba la atención era el trote, era algo hermoso, yo diría, único. Ahí estaba, el niño subido en un caballo hermoso, yo diría, único.

Ahí estaba, el niño subido en un caballo, una altura majestuosa, sus patas firmes, movía su cabeza como agradeciendo. Todos dijeron: "¿De dónde sacaste ese hermoso caballo?". El padre del niño dijo: "Es de mi hijo, es el potrillo que ustedes dejaron abandonado a su suerte. Él es Manuel, el hijo de la yegua Luz. Gracias a mi hijo que trabajó para comprarle sus remedios y su comida" Más de doscientas personas quedaron calladas y un aplauso muy inmenso le dieron a ese niño. El patrón dijo: "Gracias, mil gracias. No sé qué decir. Es tuyo y te ayudaré para que él también sea como su madre, un gran ganador". El niño dijo: "Para mí, ya es un gran ganador". Bajó del caballo y se abrazó con su padre. Todos volvieron a aplaudir.

El niño y el caballo nos dieron un ejemplo, que todo se puede, que hay que intentarlo una, dos o más veces. ¿No les parece, niños? Que con el amor de Dios y de nosotros mismos, todo se puede. ¡Viva Manuel! Por hacerme el niño más feliz del mundo.

LA PANDILLA DEL CONEJO TOTO

Esta es una hermosa historia para reflexionar, que con amor todo se puede, nada es imposible. Esta es la fábula del conejo Toto.

Es muy grande, yo diría, enorme, único, no se conoce un conejo así. También, como único, es terrible, inquieto, pícaro, alegre y muy travieso. Toto tiene una familia enorme. Viven en el castillo de época situado en Lujan. La niña de la casa, Ana Mana, ama a los conejos. Su padre le da todos los gustos posibles, pues, ella no puede caminar y lo que más le gusta es tener cien conejos, de todos los colores y todos los tamaños, pero Toto es especial, principalmente con la niña, siempre la cuida y la protege. Cuando la niña sale al jardín con su silla de ruedas, él está a su lado, como si él supiera lo que le pasa a ella. El padre de la niña tiene un jardín majestuoso, cientos y cientos de flores que lo tiene enrejado para que los conejos no entren. Al final del terreno hay una gran cascada, es enorme. Hay momentos en que, cuando el agua pega en las piedras, se ilumina el agua. Concurren muchas personas a ver esa cascada pero lo que a la gente le llama la atención son los conejos, porque tienen un pelaje especial, colores nunca vistos. Toto es enorme, es blanco con lunares rojos. Él sabe que es hermoso. Se manda la parte, se tira al piso, para sus orejas enormes y los niños se ríen mucho de él.

Un día a la tarde llegó el padre y dijo: "¡Ooooh! ¿Qué pasó en mi jardín?". Los conejos se habían estado divirtiendo en el jardín. Rompieron plantas, hicieron pozos, se ensuciaron y no sé cuántas cosas más. El padre de la niña dijo: "¡Basta! Aquí se termina todo, mañana viene un camión y que se los lleve. Yo me porto bien con ustedes y ustedes miren lo que hicieron". Toto bajó sus orejas, salió caminando y toda su pandilla atrás y el padre de la niña dijo: "Ahora tienen que venir a limpiar todo lo que hicieron". Después de que limpiaron y ordenaron todo, se fueron a sus cuevas y gritaba el padre: "No los quiero ver, mañana se van". El padre le explica a la niña lo ocurrido y lo que tiene pensado hacer con los conejos, incluyendo a Toto, "porque él es el culpable, dijo. La niña se puso a llorar: "No puedés padre, ellos son buenos. "Mira qué buenos que son, que me rompieron mi hermoso jardín, ¡Y no los quiero! Y te digo más, Toto es el primero en irse". La niña quedó callada y no durmió en toda la noche.

A la mañana, muy temprano, con su silla de ruedas salió rumbo al jardín y llorando les dijo: "¡No, no! ¿Qué hicieron? ¿Qué hicieron ustedes? ¿Por qué hicieron esto?" Toto se arrimó a la niña, le tocaba con sus patitas las piernas. Ella agarró sus enormes orejas con mucha fuerza y como un milagro, se paró, siempre agarrándose de las orejas. En ese momento, llegó el padre: "¡Hija,

hija! ¡Te has parado!". "¡Sí, padre! Porque me agarré de las orejas de Toto". Todos salieron de las cuevas. La gente que se encontraba en el lugar lloraba, reía, cantaba y bailaba. El padre dijo: "Bueno, pandilla del conejo más inteligente, este es su lugar. Hagan lo que quieran. Porque a mí; me devolvieron mi felicidad". Toto lo miró con esos ojos traviesos y pícaros. Le dio una patita a la niña y salieron caminando, ellos por adelante y la pandilla por detrás. Recorrieron todo el enorme parque. La cascada caía más rápido y sus luces más luminosas. El padre dijo: "Gracias mis conejos amados, me enseñaron una lección. Que con amor todo se puede. Para todos los niños, los animales nos dan una enseñanza. Cuídenlos, porque ellos también nos cuidan a nosotros".

Salieron todos cantando, saltando y tomados de la mano con la niña. El padre miró al cielo y dijo: "Gracias por todo lo que me diste, gracias por tener los conejos más hermosos. Gracias, gracias".

LA HISTORIA DEL LORO Y EL PERRO

Esta historia es para que los niños y grandes piensen antes de tomar de tonto a alguien. Esta fábula te deja pensando lo mal que a veces los humanos se comportan y dicen cosas que duelen a otras personas.

Esto sucede en el hogar de Titi, a ella le gusta tener un loro muy charleta, sinvergüenza, mentiroso y engreído. El perro llamado Cliford, es un dulce compañero, cariñoso, guardián. Su pelaje de marrón claro y sus orejas blancas hace que la gente lo mire, por su cara tan tierna. Esta es la historia del perro y del loro.

El loro Juan creía que él era único, sabelotodo. Con su pico muy largo y su voz ronca decía: "¡Clíford, ven! Hay un gato que me quiere comer." Cliford corría y era mentira. Él se reía. Otra vez: "Clíford, vení. Me lastimé la patita". Y otra vez se volvía a reír del pobre perro, y así sucesivamente. Un día, de mucha lluvia, se reía por la ventana el loro porque él estaba adentro y Cliford mojándose. Cuando llegó la dueña: "¡Ay! Lamento haberte dejado afuera, Cliford". Le abrió la puerta y él entró, con sus orejas caídas, su cola caída y todo mojado. El loro se quedó en silencio. Se volvió a ir la dueña. "Ja, ja, ja. Tú te mojaste y yo no.", dijo el loro. El pobre perro acostado sobre un almohadón, no le decía nada. Así fueron pasando los meses.

Un día de mucha tormenta, regresó la dueña. El perro estaba adentro, la tortuga también pero faltaba el loro. Lo buscó y no lo encontró. La dueña dijo: "¿Qué pasó?". Miró a Cliford que, por cierto, era un perro muy inteligente y le dijo: "Por favor Cliford, búscalo. Yo no sé a dónde se fue". El perro se levantó muy rápido y salió bajo la tormenta. La dueña tenía un pozo muy grande y hondo, donde guardaba el motor del agua de la pileta. Nunca comprendió por qué se había corrido y además, tenía un candado enorme. El perro volvió y no lo encontraba y miró el pozo y vio que el loro había caído en él y pudo observar que sus alas las tenía lastimadas. La dueña empezó a gritar: "¡Cli-ford, socórrelo! ¡Cliford, socórrelo!".

La dueña fue a pedir ayuda. Vinieron varios vecinos y no lo podían sacar. Cliford se tiró en el pozo, abrió su hocico grande y con mucho cuidado lo agarró. Tiraron una soga en el cuello del perro y los sacaron, a él y al loro. El loro quedó callado, mirando para abajo: "No merezco, amigo, que me hayas salvado. Yo me porté muy mal contigo, te hice burla, te mentía, me reía de vos. Ahora aprendí la lección, amigo querido. Seremos amigos, si tú me lo permites". Él se fue a su jaula, el perro a su almohadón y el loro aprendió que no se juega con los sentimientos de nadie.

¿No les parece niños que todos tenemos que aprender de la lección que nos dio el loro y el perro?